P9-DIB-444

Primera edición en francés, 2011
Primera edición en español, 2013

Laffon, Martine
Pico en el aire / Martine Laffon ; trad. de Gabriela Vallejo ; ilus. de. Betty Bone — México : FCE, 2013
[32] p. : ilus. ; 22 × 17 cm —(Colec. Los Primerísimos)
Título original: Bec-en-l'air
ISBN 978-607-16-1657-9

1. Literatura infantil I. Vallejo, Gabriela, tr. II. Bone, Betty, il. III. Ser. IV. t.

LC PZ7 Dewey 808.068 L117p

Distribución mundial

Texto de Martine Laffon e ilustraciones de Betty Bone
Título original: *Bec-en-l'air*

Carretera Picacho Ajusco 227, Bosques del Pedregal, C. P. 14738, México, D. F.
www.fondodeculturaeconomica.com
Empresa certificada ISO 9001:2008

Colección dirigida por Socorro Venegas
Proyecto editorial: Eliana Pasarán
Edición: María Fernanda García
Diseño: Miguel Venegas Geffroy
Traducción: Gabriela Vallejo

Comentarios y sugerencias:
librosparaninos@fondodeculturaeconomica.com
Tel.: (55)5449-1871. Fax: (55)5449-1873

ISBN 978-607-16-1657-9

Se terminó de imprimir y encuadernar una negra noche de noviembre de 2013 en Impresora y Encuadernadora Progreso, S. A. de C. V. (IEPSA), calzada San Lorenzo 244, Paraje San Juan, C. P. 09830, México, D. F.

El tiraje fue de 5 000 ejemplares.

Impreso en México • *Printed in Mexico*

Pico en el Aire

Martine Laffon
Betty Bone

LOS PRIMERÍSIMOS

Al principio,
cuando todo empezó,
no había nada.

Sólo un pájaro, Pico en el Aire,
volaba en la inmensidad de la nada.

¡Era hermosa
la música que desprendían sus alas!

Frrr

Frrr

Frrr

Pero nadie la escuchaba,
y tampoco nadie veía a Pico en el Aire
en la inmensidad de la nada,
porque no había nadie.

Así que una noche,
Pico en el Aire se preguntó:
—¿Qué hay detrás de la negra noche?

Y por supuesto nadie le respondió,
porque no había nadie.
Entonces, dio dos picotazos
en la negra noche...

Toc

Toc

...que resonaron
en la inmensidad
de la nada.

Pico en el Aire hizo dos agujeros en la negra noche.
Y descubrió que detrás de ella reinaba la claridad.

—¡Hey! ¿Hay alguien ahí? —exclamó.
Del otro lado de la noche,
no había un pico en el aire que respondiera.

Pico en el Aire, decepcionado, regresó a casa.
Y en la inmensidad de la noche, el sonido de sus alas parecía una canción triste.

Frrr

Frrr

Frrr

Del otro lado, se encontraba Gran Árbol.
Sus ramas eran tan altas que tocaban el cielo,
sus raíces tan profundas que se hundían en el océano.

Sólo estaban el cielo, el océano y el viento
que cantaba entre las hojas de Gran Árbol.

Frrr

Frrr

Frrr

Y nadie lo escuchaba,
porque del otro lado, donde reinaba la claridad,
no había nadie.

Un día, Gran Árbol notó dos agujeritos
en la claridad del cielo.
Metió una rama,
luego otra.

Del otro lado, en la negra noche,
Pico en el Aire se había quedado dormido.
Por los dos agujeritos entraba el aire,
silbaba,
soplaba
y le despeinaba las plumas.

Tanto que Pico en el Aire se despertó.
—¿Hay alguien ahí?
—gritó.

—¡Soy Gran Árbol!
—respondió sin ver nada en la negra noche—,
sólo he metido dos ramas.

—Hola
—dijo Pico en el Aire—.
¡Bienvenido a mi casa!

—Hola
—dijo Gran Árbol.
Y empezaron a sentirse menos solos
en la inmensidad de la nada.

Una hermosa noche para uno,
un hermoso día para el otro.

Ya se habían cansado de estar cada uno de su lado
y de contarse historias a través de esos agujeritos,
donde apenas cabían dos ramas.

Así que decidieron recortar a su alrededor
un inmenso círculo, para estar siempre juntos.

Pico en el Aire dibujó el círculo...

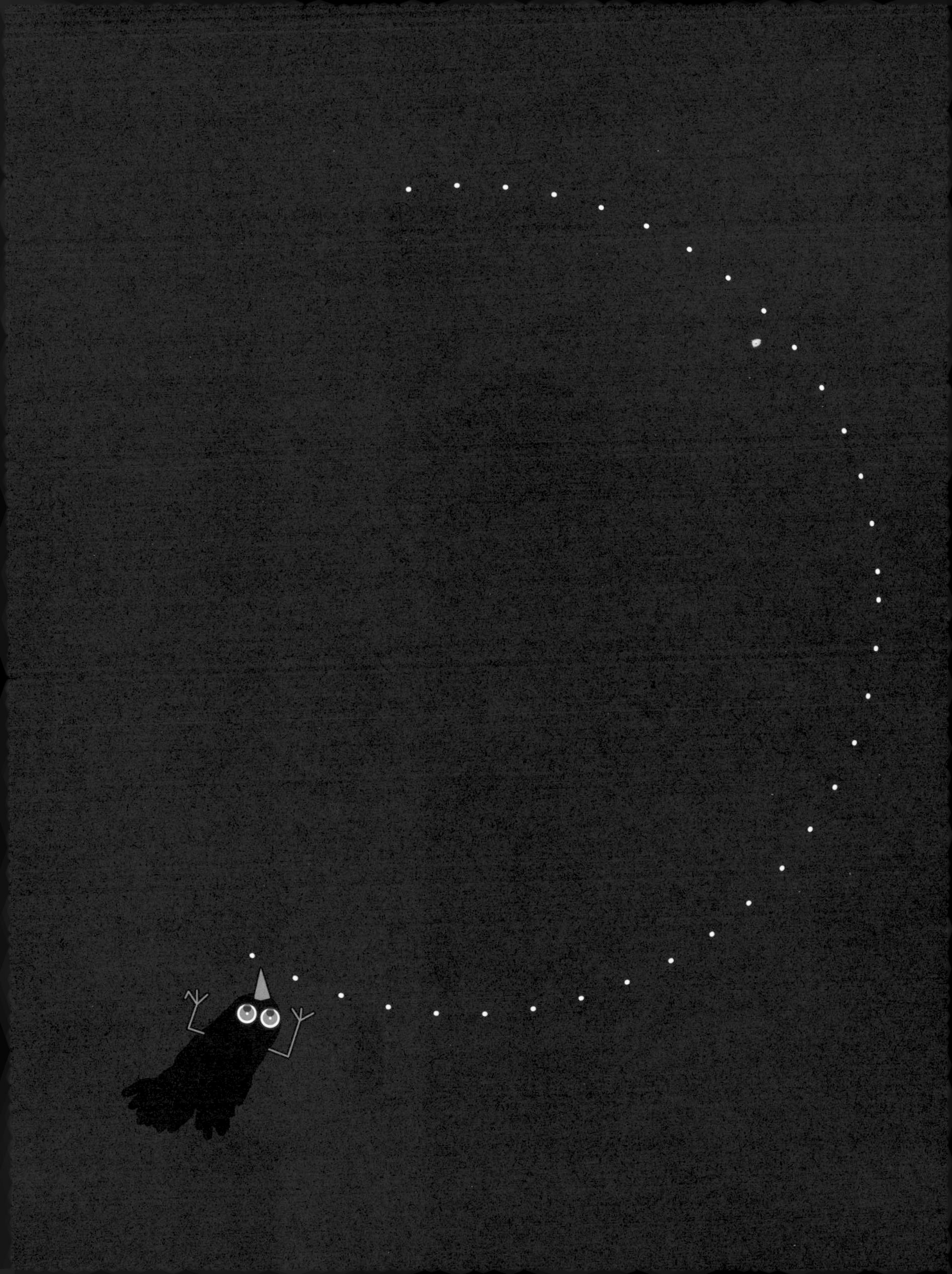

… y Gran Árbol lo cortó.

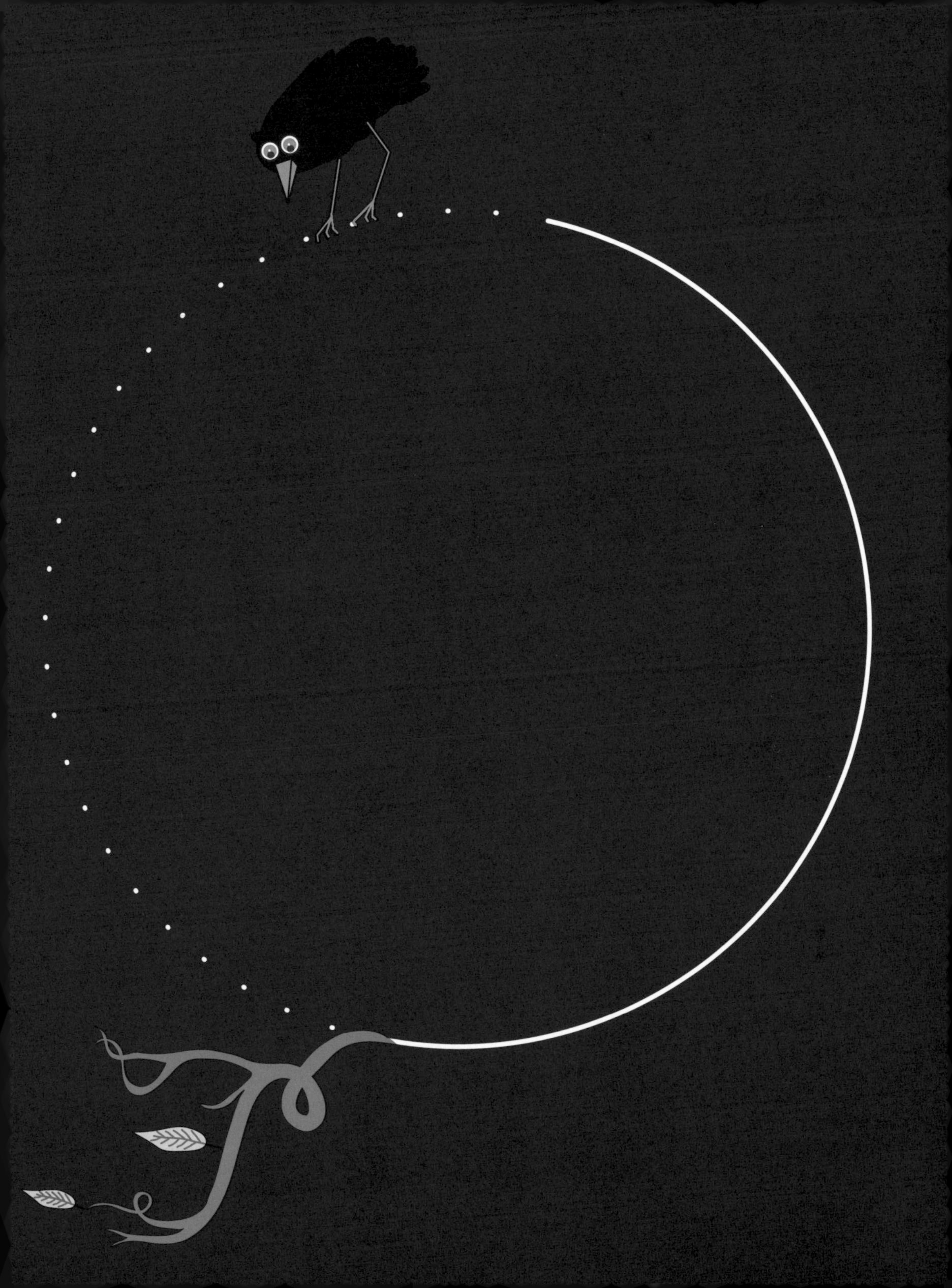

Y se sintieron felices, bien acomodados los dos.

Así es hasta hoy,
Pico en el Aire está siempre cantando en las ramas de Gran Árbol.

En cuanto a los agujeritos de Pico en el Aire,
éstos se quedaron en el cielo.
Los hombres que no conocen esta historia los llaman:

Luna...

... y Sol.